KB091769

그리운 청산

윤재철 시집

시읽는사람
시사랑음악사랑

시집을 내며

첫 시집을 내는 심정은 두려움과 초조함
금할 길 없네요
한편으론 설렘도 같이 하지만
노심초사 전전긍긍의 연속입니다

멋진 시를 써 보고 싶다
어떤 시가 좋은 시인가?
자문해 볼 때
사람 냄새 풍기는 문장이라면
좋지 않을까 하는
생각을 가져 본다
인간은 인간과 얽혀 그 안에서
성장하고 서로 친화력으로
영향을 끼친다
멋진 시 좋은 시 이런 경지에 도달하려면

나의 필력은 한참 못 이르고 부족하다
저 스스로 함량 미달이란
자인을 하면서~~
인간의 냄새가 풍기는 글로 귀결될 수 있다면
글 하나하나에 잔재주 부리지 않고
정성을 쏟은 글로 다소간 독제 제현 님들
공감을 얻는다면
비록 졸작일지라도 제 글엔.
인간적인 생명력이 용솟음치는
의지와 결기를 담아 보렵니다

초추지절 부천에서
윤재철 올림

* 목차

1. 그리움

古風(만추)......................................9
진달래..10
임진강 석양....................................11
그리운 청산....................................12
영춘화(迎春花)................................14
母情..15
어느 봄날에....................................16
인연(因緣)......................................17
쿠팡의 달......................................18
落照..20
春思(봄날의 우수)............................21
십일월..22
古風2(장독대)................................23
청룡리..24
無情遊(무정유)................................25
원미산을 거닐며..............................26
양귀비..28
탱자꽃 필 때..................................29
유월(六月)은..................................30
비의 속삭임....................................32
사향..33
팔월이 떠나가면..............................34
청룡 밤비......................................36
思母曲(꿈결에~)..............................38
대부도 초원 양귀비 노래.....................40
첫눈..42
꽃 양귀비(우미인초)..........................43
落星無限(별은 져도 그 빛 영원히)..........44
斷想~원미산....................................45
상강(霜降)......................................46
꽃망울..47
낙화..48
첫눈 2..49
앞산 옥녀봉을 바라보며......................50
남이섬 悲歌....................................52
絕句(호숫가에서)..............................54
춘심(春情)......................................55

2. 여정(旅程)

강화도 유랑자 57

봄 산을 거닐며 58

어떤 귀로 60

밤 깊은 석모도 61

나그네6(눈보라) 62

長項線1 63

장항선 2 (봄날은 간다) 64

강촌 야박(江村夜泊) 66

노을 진 석모도 67

해거름에 무의도를 바라보며 68

을왕리 밤바다 랩소디 70

봄이 온 소무의도 71

만추~초지대교를 걸으며 72

동막의 가을밤 데이트 73

나그네 7 (진주의 달) 74

기내에서(김포에서 제주까지) 76

百中 달 77

梅花 78

秋空 80

쓸쓸한 귀로 81

旅愁 82

오월의 노래 83

강화 8코스 억새의 노래 84

한려 수도(소매물도 가는 길) 85

혈구산 진달래 길 86

옛집 청룡리 87

봄바람 따라 88

晩秋~둘레길 6코스 90

초막골 落穗 92

* 목차

3. 山情無限

구봉산 가을······94
밤 깊은 국수산······95
晚春 진강산······96
밤꽃이 필 무렵이면 청옥 두타를~······98
상춘 불곡산······100
晚秋~청량산······102
월출산······104
문경의 여름밤(별이 빛나는 밤에)······106
명성산······108
설악 대청봉······110
춘정 원미산······111
秋色~운악산······112
선운산의 봄······113
백운대를 오르며······114
구병산······116
용화산(솔에게 길을 묻다)······117
낙조봉 일몰······118
청계산······119
운무에 젖은 가을 산······120
계족산의 봄······122
혈구산 백설······123
계족산 봉황정에서······124
노고산에서 북한산을······126

4. 자연과 인생

초록 비....................................129

자귀 花....................................130

생강 꽃....................................131

경칩 1....................................132

경칩 2....................................133

강추위(極寒)....................................134

早春 호수공원....................................135

노루귀....................................136

원미산 진달래....................................137

적막....................................138

가을 숲....................................140

봄 숲을 걷다가....................................141

심야 우성....................................142

가을....................................143

벼랑에 핀 꽃....................................144

능소화....................................145

春山 걷다....................................146

롱(籠) 다리....................................147

자미화(紫薇花)....................................148

갈대....................................149

空白 美....................................150

가을은 홍조다....................................151

낙엽을 밟으며....................................152

가을은 깊어만 가고....................................153

丹楓 숲에서....................................154

의문....................................155

목련화....................................156

한파....................................157

호기심....................................158

1. 그리움

그리움 되뇌이는 또다른 언어는
사랑이다

古風(만추)

으스럼 안개 달빛

적엽화* 파리한
솜꽃에 스며든
깊고 짙푸른 秋夜長長

먼 산 부엉이
구성지게 울어대며
지난날을 생각게 하는가

찬 서리 소리 없이
성긴 가지에 깃들고

별들도 점점이 떨어져
희미해진 새벽

월동문 지나
후원 규중심처
가물거리는 호롱불

빗장 친 문설주에
드리워진 삼단 치맛자락

웬 수심 그리 많은지
그림자도 애달퍼...

* 적엽화 : 물 억새

진달래

바람같이 스쳐
홀연 소풍 온 듯 지나간
이 풍진세상에

사월이면
아리운 그리움으로 찾아온
청초한 두견화

연둣빛 숲을
발그레한 소녀의 볼 같이
물들이고

뜨거운 격정으로
불타듯 사랑하다
황혼같이
한순간 소멸해 버린

핏빛 연서를 사르고서
사라진 섬약한 몸짓아

임진강 석양

일낙 서산 초겨울
임진강 노을이 짙게 물들면
바람 따라 석양 놀 실은
붉은 물결 일렁이고

저문 강물 위로
나는 새들 겨운 날갯짓에
시간이 무거워진다
몸은 야위어 간다

무서리 내리듯 황혼이 온다

기척도 없이 찰나와 같은
서러운 노을이
임진 어둠 속에 사위어 가면

그 옛날 애태우던 설운 사랑이
강물 따라 고운 연지* 빛 되어
황혼 속으로 사라진다

망각을 물들인다
어둠이 와도
석양은 길다

* 연지 : 각시볼에 찍은 빨강화장

11

그리운 청산

太白 고원
구름 일고
비가 내리도다

가슴 아린
서글픈 심사는
비에 엉키어
축축이 젖어 버리고

청춘을
속절없이 흩어 버리니
부평초 같은
못난 인생아

지금 먼 타향
태백 이곳은
창 너머 비바람 치나
하 세월이 아련하다

그리운 청산
멀고 아득한데
한 줄기 바람은
수이 산정을 넘는구나

새들도
날 저물면
둥지로 돌아오고
밤하늘
뭇별도
총총히 다정하건만

어느 해 어느 날
고향 집
문설주에 기대어

저 앞산 위 파란 하늘
흐르는 실개천에
내 사연을 전해볼까

영춘화(迎春花)

뭇꽃들 피기도 전에
잔설 속 저 홀로
곱게 피어나서

한적한 산모롱이
단아한 자태 드러내며
슬며시 미소를 짓는다

애틋이
나긋한 風情을 안고
오가는 길손들
다정히 눈길 줄 때

이른 봄 산자락을
비킨 노을 속에
엷은 미소 머금고
수줍게 물들인 영춘화

나비도 날지 않은
이른 봄날
그 누굴 보고파

처연히
샛노란 격정을 갈무리하고
애를 태우는가

母情

진달래 피고 지고
몇몇 해 드냐
두견새 우는
깊은 봄밤
초가삼간 단칸방
호젓한 호롱불 아래
어린 아들 감싸 안고
시름에 젖은 여인

뒤뜨락 수런대는 대숲 장단에
쌓인 근심 깊어만 가고
첫닭이 울 때까지
잠 못 이룬 여인
동풍아 너는 들었겠지
어머니 한숨을
새벽별아 너는 보았겠지
수심에 젖은 어머니 모습을

어느 봄날에

복사꽃 살구꽃 화사하게
피어나는 계절이 오면

어언간 봄빛은
산들에 가득하다

낭자하게 널브러진
시든 진달래 바라보며
홀로 걷는 오솔길

바람도 다소곳 불어와
살며시 사라진다
새들도 지는 꽃잎의 사연 아는 듯
우짖지 않는다

꽃 진 자리 초록이 돋아나는
숲 언저리에
새악시처럼 해연이 핀
각시붓꽃에 시선 둘 때

문득 밀려오는 그리움에
상념에 빠져든다

어디선가 꽃잎을 스쳐온 바람에
화들짝 깨어나
다시 본 산색 변화가
눈부시게 황홀하다

인연(因緣)

잠시 바람같이 스쳐 가는
우리네 인생길
화려한 꽃잎에
휘영청 달 아래
사는 동안 사랑하는 일이
얼마나 되겠냐 만은
한 폭 그림 같고
한 편에 시처럼
다가와 준 한 사람
고독에 익숙해 버리고
메마른 내 청춘이 시들어 가는
한 많고 설움 많은
가파른 여정에
속삭이듯 다가와
따스이 안아준 사람
그윽한 눈 속에 빠져
늘 그 자리에 있는
한 그루 나무이고 싶다
언제나 지지 않는 빛으로
곁에 머물고 싶다
그리움 되고 염원이 되어

쿠팡의 달

쿠팡에 달은
초저녁 한밤에는
볼 수가 없어요

새벽에만 볼 수 있지요
이때가 퇴근 시간 때니까요

고단한 몸으로 바라본 달빛이
운치가 얼마나 있겠냐 만은

하루 일과의 보람을
달과 공유한 정취는
또 다른 멋이지 않을까요?

물류 현장은
마치 개미굴을 연상케 합니다
쉼 없는 노동 틈새로
충돌 없이 아슬아슬
비켜 오고 간 땀의 교차

석양부터 새벽까지

꼭 일개미들
삶터를 방불케 하는
치열한 물류 현장

한밤 꼬박 지새우며
쌓이는 피로 고달픈 일과지만
희로애락을 함께한 그 일터가

언젠가
그리움 되어 떠오를 때
정직한 땀의
진심을 가르쳐 준
쿠팡~고마웠어요

落照

초록이 짙어가는 夏至 지절
강화산을 종일 걸었네

녹음은 꽃피는 시절보다
유정하다던
옛 시인 시구처럼

유월 산 잎새들 노래는
산들바람에 실리어
끝없이 들썩인데

땅거미 드리울 때서야
겨우 산정을 올랐네

낙조를 바라보며
비로소 알았네
황혼을 보고 느꼈네
하루는 너무 짧다는 걸

인생은 시위 떠난 화살처럼
지나가 버림을

석양이
한없이 곱다 해도
황혼은
저리도 세차게 밀려오는 걸

春思(봄날의 우수)

함초롬히 이슬에 젖은
꽃들에 취해
자드락길 걷노라면

바람은 보리잎에 스치고
길가에 드리운
수심 겨운 나무 그림자들

봄길 종일 헤매 돌다
해 질 녘 정자 난간에
기대어 서 있노라니

석양만이 들녘에 지는 꽃
공허히 바라보는 나를
다정히 비춰준다

십일월

갖가지 매무새로
요란히 다가온 가을이

무서리 내리듯
떠날 땐 소리 없이
사라진다

단풍도
저마다 다른 색채

사연 역시
다양한 견해로
부산을 떨다가

무채색만 남기고
홀연히 자취를 감춘다

노을도 노루 꼬리 마냥
빠꼼히 걸쳐 있다

한줄기
나그네 바람이 도둑처럼
황급히 사라진다

古風2(장독대)

어느 먼 산 산골
고드름 삐죽빼죽 매달린
오두막집

호롱불 밝히며 오누이들
질화로 곁에 올망졸망
겨울밤 무르익어 갈 때

목화송이 눈이
쉼 없이 내린다

마당 어귀 장독대 대여섯 개
눈이 떡시루같이
수북이 쌓이면
오누이들 주린 배
더욱 허전한 깊은 밤

우짖는 눈보라 속에
산골은 아득해지고
눈 덮인 초가는 더욱 가난해

호롱불도 졸음에 겨워
가물거리는데
속절없이 눈만 푹푹 내리고

청룡리

청룡리 가는 길은
매양 화학산 자락에서
옥구슬처럼 흐르는
녹수를 따라

좁은 신작로 길을
몇 구비 돌아서 간다

어지럽게 널린 돌 틈새로
물소리 콸콸 소리치고
솔밭은
석양빛에 고요하다

물가에 일렁이는
버들가지
투명한 물에 그림자 드리운다

어둠은
소리 없이 내리고
저 산마루 부엉이 소리 처량할 때

화학산에 걸려 있는 명월은
부처 같은 미소로
날 반기니

청룡리
꿈결 같은 그 길이
다시금 어른거린다

無情遊(무정유)

벚꽃은 눈송이같이
소리 없이 지는데
나비는 저 홀로 날고
산은 고요하여라
떠나가 버린
무정한 사랑에
눈물은 부질없는 것
돌아올 기약 없는
헤픈 정에
미련 둔들 무얼 해
한 번에
그리움이야
어쩔 수 없지만
지는 꽃이
다시 피어난 것처럼
내 맘에 봄은
또 찾아올 텐데

원미산을 거닐며

오월은 가고
꽃잎 흔적 없이
사라져 버린 오솔길

산들바람에
유월은 초록 물결 타고서
살며시 들길 산길을 넘나든다

낭자이 떨어진
아카시아 바랜 꽃잎 위에
봄빛은 애잔히 남아

화려한 지난날을
추억하려 하지만
상큼 와버린 초록 계절

초췌한 하소연이
부질없구나

어즈버

개망초 흐드러지게 피어난 시절

맞이하노라면

그대 생각 더욱 깊어지는데

저 하늘

유유히 떠가는 흰 구름

바라보며

홀로 벤치에 앉아

절로 오고 절로 가는

세월을 지켜본다

양귀비

그 누구에 붉게 멍든 상처인가
어느 여인의 병 들은 독백인가

하필 양귀비는 저리도 피어나
시선 닿는 꽃송이마다
애간장을 태우냐

단장을 에이는 상흔들이
들판에 붉게 붉게 뿌려져
한 송이 꽃으로 피어난 듯

바람도 불지 않은 늦 봄날
가없는 몸부림에
하염없는 춤을 추느뇨

탱자꽃 필 때

내 고향 봄빛이 완연해지면

탱자나무 울에
흰 꽃이 피어난다

꽃 빛에 가려
어슴푸레한 동네에

산색도 노을을 닮아
그윽한데

일터에서 돌아오는 호미 들고 괭이 맨
농군들 머리 위로
제비도 짝하여 돌아오며
둥지 찾아 흩어진다

달빛이
텅 빈 고향집
지붕 위에 머물 때

탱자꽃만이
한 송이 두 송이
소리 없이 피어난다

유월(六月)은

울 밑에
곱게 핀 접시꽃은
날 맞이해 주신
어머님 모습 같고

들판에
어머니 옥양목 치맛단 같은
개망초 피어나는
이런 시절 대하노라면

떠나가고 돌아가고픈
마음에는
자꾸만 파문이 요동친다

그리운 시절 유월은
봄볕 따라 아득히
별나라 여행 가신 어머니

옛 자취 흔적
그 길 따라가노라면
솔밭에선
산비둘기 구구대는

청초 우거진
그윽한 숲속
아담한 봉분 앞에서

불효를 참회하며
소매에 눈물 적시고픈
유월에는

엇갈린 기로에 서서
우두커니 빈 하늘만 바라보다

엉거주춤 망설이다
아쉬움에 자꾸만
돌아보는 시절 유월은

비의 속삭임

낮선 이 거리에
봄을 시샘한 비가
눈물인 양 주룩주룩 흘러내리면

이미 시절은 소매 부여잡는
겨울 애원도
냉정히 뿌리치고
봄에게로 줄행랑친다

이런 날에는
잊혀져 버린 사연들이
내 주위에
두리번 서성대는지

이젠 지워져 버린
허무한 영상일 뿐인데
괜스레 내 속에 파고들어
웬 성화인가

흐릿한 뇌리에 묻힌
의미도 미련도
아득히 사라져 간
얘긴 줄만 알았는데

차창에 내린 궂은 비는
내 마음의 풍금처럼
음계를 오가며
뜻 모를 변주곡을 들려준다

사향

저 멀리 높은 밭 위로
땅거미 길게 누우면
조용히
흐르는 실개천
윤슬이 반짝인다

문풍지에 호롱불 그림자 짙어가면
저녁 앞에 옹기종기
정겨운 풍경
앞산 마루 부엉이 울음
잦아지면

대밭에 바스락대는
이파리 수런거리는 소리
책을 덮고 뜨락에 서서
밤하늘 바라보니

휘영청 떠 있는 보름달이
날 지켜보는데
지붕 위 여인의 소복 같은
그윽한 박꽃

둥근 박은
보름달 같더라

팔월이 떠나가면

능소화
몰강스럽게 떨어져
수북이 쌓인 거리에
해연이 핀 자미화가
바람도 불지 않은데
살랑거린다

질식할 듯
짙푸른 초록 숲이
온누리를 물들인
이런 시절 맞이하면
그대 생각 더욱 깊어지는데

능소화는 지고
자미화는 피어나고

팔월은
느긋이 가는 듯 망설인 듯
더디지만은
이미 저 하늘 물들인
가없는 쪽빛
초저녁 풀섶에 들려오는
쓸쓸한 귀뚜라미 소리에

문득
여름이 저물고
가을 전령들이 귓전에 맴돌고
눈앞에 어른거리면

슬며시 저물어 가는 팔월이
기약 없이 떠난 그대처럼
공연히 두렵다

아~오십 대에는
가을이 오는 설렘보단
가버린 여름이
공연히 두렵다

청룡 밤비

짙푸른 松竹은
동백기름 칠한 듯
검푸러 가는 늦여름

초저녁
바람결에 실려
들려오는 매미 소리
시름겨운 고향 밤은
만 겹이나 쌓여 가는데

가는 시절 아쉬워
가없이 내리는 밤비

그 누구의
서러운 이별 노래인가
팔월 밤비는
밤의 침묵을 아우르며
쉼 없이 달려가누나

밤을 잊은 아쉬움에
다시 차오르는 정한처럼

속삭이듯 유혹하듯 아련히

맹렬히 진군하는 천군만마
발 말굽 소리같이
새벽을 무인지경 열어간다

아~ 고향 밤비 정겨워라
밤이 새도록 하염없이 흘러내리며

아직까지도 밤비 내리는
청룡리 그날의 밤을
그리게 합니다

思母曲(꿈결에~)

당신은 어젯밤
꿈에서 뵈었던
새하얀 옥양목 저고리
남색 치마 외씨버선에 흰 고무신
검은 쪽 찐 머리
정갈하고 단아하신
그 여인 아니신가요

고향 집 문 앞에서
눈물을 글썽인 채
처연한 표정으로
왜 발길을 돌리시나요

어디선가 본 듯한 낯익은 모습
이다지 가슴 후비는 그리운 얼굴은
젊은 날 어머니 아니신가요

평생 가시밭길 못난 자식이
걱정되시어
아름다운 곳 나들이 가시다
고우신 발길을
옛집으로 돌리셨나요

평생 불효한 자식
하늘까지도 이어진
되풀이된 불효
정녕 면구스럽습니다

언젠가 다시
나들이 가실 때에는
이승의 미련 한 가닥 남기지 마시고
깃털같이 훨훨 그냥 가세요

이 자식에겐
그리하여도 됩니다
아~ 어머니

대부도 초원 양귀비 노래

땅거미 뉘엿뉘엿 서산을
의지해 넘어가고
노을빛보다 붉게 끝없이 펼쳐진
양귀비꽃 향연은

애달픈 정조
佳人*의 향기로운 넋인가
바람이 불든 불지 않든
하염없이
핏빛 연가를 읊조리며
꽃은 붉어라

그 꽃 바라보는 나그네
마음에 파문이 일어
그대 생각 더욱 깊어진다

* 가인 : 초한지 주인공 항우 애첩

봄볕
아득히 멀어진 시절은
초여름 단오지절
석양은 황혼빛 속에
여울져 가는데

千古風流** 패왕별희
가면극 속에
사랑도 가인도
한바탕 꿈같구나

한갓 되이
우미인 초(꽃 양귀비) 피고 진
옛사랑 그려볼 때

넘실넘실 남풍에
푸른 초원 일렁인
아가 풀들이
눈에 차는구나

** 천고풍류 : 오래된 역사

첫눈

하룻밤 풋사랑 같은
첫눈이
싱겁게 내리다
흔적 없이 사라지면
재회를 약속했던
그녀의 말은
결국 거짓말이었던가
떠나간 뒤
소식 한 번 없는
무정한 맹세가 야속하다
꼬옥 돌아와
창가 달빛 새로
첫눈 바라보며
밤이 새도록 밀어를 나누자던 약속
끝내 소식 없다
찬 바람은 야윈 가지에
사연도 모른 채
불어 대는데
눈이 빠지게 기다렸던
다정한 마음도 외면한 채
하룻밤 풋사랑 같은
의미 모를 첫눈은
오는 듯 내리는 듯하다
기척도 없이 사라졌다

꽃 양귀비(우미인초)

어디 꽃이라고
다 곱기만 하랴 만은
아카시아 장미화
만발한 시절이 오면

고혹적으로 피어난
꽃 양귀비
단장을 에이는 몸짓
그 누가 알랴

달콤한 아카시아
정열의 장미화
화려히 치장한들

뇌쇄*(腦殺)적인 꽃 양귀비에
어이 견주리
영웅이 나면 미인이 등장하고
그들이 바로
항우와 우미인 아니던가

구곡간장 찢어지는 사면초가
해하의 한 스며든 꽃이라
우미인초라 불렀지

하늘 하늘
꿈결인 듯 잠결인 듯
춤추는 구슬픈 몸짓
꽃 양귀비 우미인초여

* 뇌쇄 : 나라를 기울만큼 아름다운 여인 or 팜프파탈

落星無限(별은 져도 그 빛 영원히)

암울한 시절(일제 강점기)
서해남단 조그맣고 외로운 섬
먹구름을 가르고서
홀연히 나시어
희망이 반짝이는 작은 별 같이
깜빡이는 한줄기 촛불로
새벽을 열면서
파란만장 격랑에도 의연히
오대양 육대주를 종횡사해 하며
마침내 태양을 가르는 오색 무지개로
남북을 환희 열리게 하시고
세계를 한 아름에 포옹하셨네
척박한 강산에
크나큰 은혜로운 선물
그 이름 김대중 님
임이 계심에 함께한 감동의 세월
설레이는 마음으로
우러러 존경했던 분
임은 가시고 없지만
그 자취 사랑은
창공보다 높고 바다보다 깊어라
행동하는 양심
뇌성 같은 울림으로 인동초 헌신하신 그 얼
역력히 전해옵니다

44

斷想~원미산

사월이 떠나간 원미산 자락에
잎새는 푸르고
저 아래 석왕사
초파일 법고 소리 요란한데

지는 꽃
바라보는 길손
홀로 외롭다

사무치게 가슴 여미는
이 허무함은
떨어진 꽃잎처럼 져버린
팽목항 단장의 아픔일 게다

망연이 서 있는 나를
새들이 울며 일으킨다
망각의 사월
자꾸 돌아본들 무엇하리

철없는 계절은
온통 산내들에 들썩인데

상강(霜降)

잎새는 쓸쓸히 떨어지고
철새들 남으로 날아갈 때
밤하늘은
찬서리에 차갑다

이 계절
타향살이 더욱 적적하고
가로등 불빛 노란 은행잎에
향수가 서려 있다

지금쯤
텅 빈 고향집은
세찬 바람에 댓잎 파리
서걱대고

부엉이 소리
처량히 들려오는 깊은 밤
흰머리 어머님
속삭임이 아련하다

버선발로 뛰어나와
날 반기던 어머님
이젠 잊혀져 간 정경
멍든 그리움만 사무친데

옛 고향집에는
노을보다 붉은 감
몇 개만이 빨간 고독을 달고서
위태롭게 매달려 있겠지

꽃망울

꽃망울은 몇 번이나
겹치고 얽혀
한 송이 꽃으로 피어나느뇨

한겨울
세찬 바람에 어져 녹져서
동지섣달 긴긴밤
잠들지 못한 파도 소리
바람 소리 들으며

반짝이는 별빛
흐르는 달빛 머금고

춘삼월
한 송이 꽃으로 피어날
설렌 사연 안고
그윽한 골짜기
아득한 벼랑 끝에서도

한겨울 모진 눈보라에
어져 녹져서
봉긋한 소녀의 가슴처럼
슬며시 부풀어 오른다

낙화

먼 산 철쭉꽃
불타듯 피어나는데
이 거리에 꽃들은 일렁이는
바람결에도

내 옷깃을 스쳐
어지러이 날리며
산산이 흩어진다

지는 꽃 바라보면
애끓는 마음 가눌 길 없어
석양에 하소연해도
대답이 없다

겹겹 쌓인 수심
뒤척이는 봄밤이여
밤새 꽃들은 이별 앞에
얼마나 흐느낄까

첫눈 2

안개 감싸인
차가운 달빛 흐릿해지면

내 곁을 떠나간
그리운 그림자
수만 리에서 날아온 백조들
밤하늘 하얗게 물들인다

가무가
무르익어가면
깃털인지 목화송이인지
정겨운 속삭임 되어

뺨 위를 흩어져 내린다

눈 덮인 오두막
바람이 문풍지를
잡고 운다

앞산 옥녀봉을 바라보며

초가을
바람도 잠잠한 내 고향
아롱진 흰 구름 아래
단아한 옥녀봉
다시 본 그 자태
여전히 곱구나

그 언제였냐
울 밑에 탱자를 주우며
널 바라보니 붉게 단장한 옥녀봉은
은은한 미소로
지그시 날 바라보았지

청량한 가을 하늘
하늘가에 까마득히 걸려
찬 서리 내리는 늦가을

외기러기 울고
달빛 찰 때
왠지 모를 슬픔에 젖어
잠 못 이루었지

어언 귀밑머리 쇠해지고
초라한 내 모습처럼
휑한 고향 집은 황폐해 잡초만
무성하구나

아~앞산 마루 옥녀봉아
강물 같은 세월 속에
너의 모습 몇 번이나 보련만은
널 바라보는 지금이
퍽이나 정겹다

남이섬 悲歌

은물결 넘실넘실
남이섬 여름날은
만사가 정겹기만 하다

섬을 둘러친 청산은
푸른 실타래로 직조하듯
촘촘히 푸른빛이구나

천년을 유유히 떠가는 흰 구름
녹수는 무심히 흘러가는데

그 언제였냐
내 어깨에 기대어
한없이 재잘대며 사랑을
채근했던 사람아

다시 본 남이섬

청산 아래

푸른 물줄기 그대로이고

맹세했던 연인루

그 자리에 여전하건만

꿈인 듯 사라져 간 언약은

수심 겨운 남심에

비수와 같이 후벼와

여러 갈래 상흔만 남길 때

어느덧 석양은 은은한데

흘러가는 강물에

추연한 남심을 띄워 본다

絕句(호숫가에서)

靑山何 靑靑~청산은 푸르고 푸른데

倉穹兮 茫茫~창공은 가없이 아득하네

夕陽紅 殘影~땅거미 뉘엿뉘엿 노을은 붉은데

孤雲何 處期~조각구름은 어디서 머물런지

춘심(春情)

푸른 산
새파란 물
붉게 피어나는 꽃
창가 주렴을 타고 드는 실바람

산뜻한 봄이다

실비에 젖은
배꽃 같은 춘심

단장의 한밤 소쩍새 울음
바람도 불지 않은데
떨어진 이파리

정인처럼 왔다가
타인처럼 떠나간

봄날은
한바탕 욕정을 태우다가
이내 시들어 버린
조루증 같은 것

2. 여정(旅程)

우리네 인생은 뿌리 없는
다북쑥 같이 떠도는 나그네이다

강화도 유랑자

江湖에 실의에 빠져
울적해진 마음 달래려
강화도에 간다

버스에 몸 싣고
강화에 닿으면
나는 유랑자가 된다

삿갓에 배낭 메고
마니산 석모도
발길 이끈 대로 떠돌다가

땅거미 길어지면
석양을 등지고
강화를 떠나온다

떠나올 때
울적한 마음 훌훌
강화 다리 아래 날려 버리고

텅 빈 배낭에
초록빛 붉은빛
오월 이야기를 가득 채워

닐리리 휘파람 불며
돌아와야지

57

봄 산을 거닐며

꽃 하나 피고 지고 나면
또 하나 꽃이 피고 지는
연둣빛 초록 숲이
여인의 머릿결같이
정갈하다

미풍에도 꽃잎은
하염없이 날리고 가도 가도
끝없이 펼쳐진 산내들
봄볕이 눈부시다

홀로 봄 산을 거닐다 보면
보이는 것 들리는 것
모두가 애틋함이고
그리움이다

채움 역시 채운 게 아니고
비움 또한 비운 게 아니다

지는 꽃이 떠난 게 아니고
피는 꽃이 돌아옴도 아닌

봄이 무르익은
찬란한 어머니 대지 위에서

자연의 오묘한
변환과 섭리에
미움도 사랑도 부질없으니

나 홀로
이 모든 걸 가득 안은 오늘
뭘 원하고 탐하리

어떤 귀로

밤이 떨어진
눈길 위를

버스는 눈보라를 가르며
도로 위를 질주한다

사위는 쥐 죽은 듯 고요한
모두가 잠든 한밤

올겨울 처음 본 설경이
무척이나 유정하다

살면서 한밤 눈 내린
정경을 몇 번이나 볼까 마는

오늘 새벽 귀갓길
지나온 눈길이 정겹다

밤 깊은 석모도

그대 떠나간 석모도 나루에
어둠이 짙어지면
아무도 없는 이곳에
밤바람만 지나가는데

떠나간 막배는
끝내 돌아올 줄 모르고
철썩이는 물결만이

나그네 마음 아는 듯
밤새 속삭여 준다

북두칠성 따라
봄 같은 마음도
아득히 멀어져 간 하늘가

한낮 휴식 없이
나래질하던
갈매기도 잠든 지 오래

낯선 이곳에
유장히 들려오는
보문사 쇠북 소리

갈 곳 잃은 길손
더욱 수심 겹다

나그네6(눈보라)

낮부터 자장가 같은 눈이
소리 없이 휘날려 내릴 때
묻혀진 사연들이
불현듯 떠오른다

도로 위
금방 지워져 버린 눈같이
잊혀져 버린 기억들이

공연히 내리는 눈 속에
떠오르는지
나도 모를 일이다

더는 의미도 남아 있으리 없는
상실된 추억들이

눈보라 속에
희미하게 떠오르다 지워져 버린
대전 시내 정오 삼십 분

長項線1

사랑은 꽃이 피듯 피어나고
꽃이 지듯 떠나간다
내 나이 이순
늘그막 인생에 꽃이 피듯
사랑이 찾아왔다
사랑은
청춘이고 늙음을 구분치 않은
맹목적이다
까닭 없이 피는 꽃이 없듯이
원인 없는 사랑은 없다
장항선을 질주하는 열차처럼
거침없는 사랑을 하고 싶다
가는 곳곳 오월 신록 속에
흩뿌려 날린 송홧가루같이
눈멀고 귀 먼 사랑을
지나는 역마다 날려 보리

장항선 2 (봄날은 간다)

잔잔한 대기 청정한 하늘
시절은 가도 가도 끝없는
초록빛 오월

철길 변
노란 물감을 뿌려 놓은 듯
금계국 하늘하늘 군무에
시선이 머문다

꽃들은 지는 꽃 아랑곳 않고
갈 봄 없이 피어나건만
봄날은 떠나간다

열차에 기대 차창 가
바라보는 나그네 마음
시들어간 봄날처럼

무기력한 언약들이
뜬구름인 양
부질없는데

열차는
여름을 향해 가는 계절같이
쉼 없이 남으로
질주해 간다

퇴색해 버린
한바탕 봄꿈
바래버린 사진첩 속에서나
회상할 사연이

늘그막 인생에
찾아온 기약들
不連續線 기압처럼

나의 봄날은
거침없이 내달리는
열차같이 그렇게 저물어 간다

강촌 야박(江村夜泊)

의암호반 삼악산 기슭 아래
라호야 펜션에서
황혼이 지고 벗들과 술잔을 나눈다

잔잔한 호수는
깊이를 헤일 수 없는
가이없는 심연의 잠들고

강 건너 묵언수행 강선봉이
겅둥겅둥 다가와
눈앞에 서성거리는데

홀연 명월이 滿空山 하고

교교한 월색은
이내 가슴에 슬며시
내려앉아 은근히 채근할 때

벗들은 도도히
주흥에 겨워 술잔에 달빛을
담아 쾌의 마신다

어느덧 달빛도 사위어가고
청산도 희미해지며
강 건너 졸음에 겨운
가로등 불빛이 강물에 일렁인다

노을 진 석모도

흐린 갈색 바닷빛
석모도 선착장

얼어붙은 늦겨울 석양은
야금야금 서산을 감싸며
철썩이는 물결 타고서
해명산을 밝게 비치고

바람길 따라 길게 펼쳐진
산발한 갈대와 억새는
시린 바람에 흐느끼며
춘풍을 애타게 갈망하는데

바다와 뭍 사이 경계를
아랑곳 않고
훨훨 넘나드는 새들 군무는
저문 들녘으로 유유히
사라져 간다

곧바로 가면
멀잖은 외포리 포구
다리가 없어 건널 수 없고

서산마루에
황혼이 짙다

해거름에 무의도를 바라보며

초여름 산들바람이
비릿한 갯내음을 싣고서
볼을 스쳐 가는 무의도

이따금 파도 소리를 타고
들려오는 갈매기 탁한 음조가
싫지 않음은
혼자인 까닭일 거다

한가히 옹기종기 매여있는 배들은
아마도 새벽 여명부터
쉼 없이 물줄기를 넘나들다

지금은 꿀맛 같은 달콤한 휴식에
취해 느긋이 무의도를 안는다

손 내밀면 닿을 듯한 흰 구름
포구 위에 머물고
솔향기는 저녁 바람에 실려
그윽이 스며와

황혼빛에 무의도는
더욱 짙푸르게
성큼 눈앞에 다가온 듯
정답기만 하는데

한없는 고요 속에
어둠에 침묵한 포구와 배들은
빈센트 반 고흐 회화 속
수채화 같다

을왕리 밤바다 랩소디*

사랑
때로는 무분별하고 충동적인
사랑하다 죽어도 좋은
그런 사랑을 해보고 싶다

사랑의 밀어는
지순하고 달콤함 속삭임으로
다가오지만

흐릿한 별빛 아래
을왕리 해변 이 밤
갈매기 탁한 변주곡 속에

버마재비 타란투라 같이
죽어도 좋은
중독된 사랑을 해보고 싶다

차태레이 부인 불 지른
불륜의 포로가 되어도 좋으리

한 마리 핏발선 수컷이 되어
본능이 이끄는 대로

사랑하다 죽어도 좋은
을왕리 밤
탕아가 되고 싶다

* 랩소디 : 열광적이고 격한 곡조

봄이 온 소무의도

봄빛이 완연한 소무의도
다시 본 한결같은
정겨운 너의 모습 그대로구나

소무의도를 잇는
긴 무지개다리 아래로
봄 바다 푸른 물줄기

무의도 다리
위아래로 한가로이
나래짓 하며 넘나드는 갈매기도

봄이 온 소무의도
화려한 자태를 아는 듯
신명 난 군무는
여유롭기 그지없는데

우리네 사랑과 우정도
타는 듯이 피어난 진달래처럼

영원히 하염없이 흘러가는
무지개다리 아래 물줄기같이
변함없이 피어났다 흘러가리라

만추~초지대교를 걸으며

늦가을 초지대교를
왕래하면서
바람 따라 황간도를 휘돌며
세월의 변환을 느낀다

대교를 회귀하며
바라보는 바다는
떠나가는 가을이 아쉬워
흐름도 멈춰 버린 정경에
시선이 머문다

바다도 잠잠
떠 있는 고기잡이 어선도
날으는 갈매기도 날개를 접은

모두가 멈춰 침묵에 빠진
늦가을 해 질 녘 황간도
나도 공허이 바라보고 있다

동막의 가을밤 데이트

이순의 가을밤 데이트는
육체를
불태우는 격정만이
사랑은 아닌 게야

굳이 말은 없어도
강화도 동막 가을 밤길을
나란히 걸었던
우리들의 적당한 간격의 여정이
진정 사랑은 아니었던가?

길섶에 귀뚜라미 소리
나뭇잎 사이로 엿본 달
귓전을 파고드는 파도 소리
들으며 거닐었던

그 어느 가을
황혼의
동막길을 걷고 걸으며
맹세나 기약도 필요치 않은
진갑 나이에 우리들 도란도란 행보가
또 다른 믿음
아마도 이게 사랑일 게야~~

나그네 7 (진주의 달)

차가운 밤하늘에
어여쁜 눈썹달이 떠 있고

촉석루에서
불어온 강바람은
내 뺨을 스치며
비봉산을 넘어간다

창졸간 달빛 속에
비친 그리운 영상 하나

그 언젠가 촉석루 굽이 돌아
진양호 정답게 가는 길

꽃잎은
바람결에 날리며
우릴 반기듯 너울너울 뿌려놓은
꽃길 위를

다소곳
걸어가는 호반길은
참 사연도 많았지

두 손을 마주 잡고
말은 없어도

주고받은 눈길 속에
꽃송이처럼 피어났던
붉디붉은 맹세들

이제는
멀어져 가고 묻혀진
실없는 기약들이

얼어붙은 달빛 속에
가슴 아프게 파고드는
쓸쓸한 진주의 밤

기내에서(김포에서 제주까지)

창천 만 리
아득한 하늘을 날으며
떠나온 畿(경기) 땅은

순식간 한 가닥 점으로 化해
구름 속으로 사라지고
方丈(지리산)산 계를 지나고

南溟(남해바다)을 건너
부식 지 간 제주 상공을
선회하며 천 리 먼 길 단숨에

가히 大鵬(대붕)이
한 번의 날갯짓에
구만리 장 천을~~
찰나이구나

百中 달

휘영청 백중 달이
너무 고와

하염없이 바라보니
달님도 날 내려다보며
환하게 웃는다

저 달 속엔 그리운 어머니
젊은 날 먼저 가버린
친구 모습도 환하다

얼마 만에 이리도 밝고
다정한 여름 달을
보았던가?

헤아려 보니
초가삼간 평상에 누워
바라보지 않았냐고
달이 넌지시 말한다

지금 이 순간
백중 달은
시름을 어루만져 주는 벗이요

누구나
향수를 달래주는
또 다른 고향이다

梅花

연무에 덮인 대나무숲이
잔물결처럼 일렁이고

소나무가 바람결에
속삭이는 외진 강나루

물안개 사이로
뿌연 잔월이 윤슬에
그네를 탈 때

새벽이슬 머금어
청신한 순백 지신
月 嫦娥 현신인가

뭇꽃들 지닐 수 없는
风情을 송두리 갈무리한 채

햇살 속에 드러나는
산기슭과 담 모퉁이에
은은한 자태들

아~ 다시금 떠오르는
어느 옛 시인의 음조
그윽한 향기는
황혼녘 달빛에 스며든다는

魂 마저 앗아간
탈속한 듯 고결한 佳人

남으로 갈수록
짙어지는 이른 봄에 가인
매화꽃 행렬들

秋空

가을 하늘은 청잣빛이다
높은 산정에 걸린 하늘은
시리도록 푸르러
풍덩 빠져서
마음껏 유영하고 싶다

교교한 달빛은
단연 가을 달이다
산정에 걸린 달은
손 내밀면 닿을 듯 가까워
고이 따서 임에게 전하고 싶다

쓸쓸한 귀로

비바람은 메마른
가지를 스치고

차가운 이 거리엔
모두가 낯선 얼굴들

저 멀리 구름 덮인
무등산

삼매에 든 고승인 듯
돌아앉아 무심한데

한 줄기 바람처럼
왔다가

연기처럼 황황히
떠나가는 광주

차창 가에 곱게
물든 단풍나무만이

나를 위해 홍조를 띠며
나풀대고 있다

旅愁

낯선 밤거리 홀로 든 여관방
백 열등 아래
절로 시름에 젖어
뒤척이는 밤

한바탕 새벽꿈에
잠 깨어날 때
들 창가에 들려오는 빗소리

불현듯 파고드는
허전함 한켠에 허물어진
그리움 달랠 길 없어

멍하니 빗소리 젖어들 때
한 외로움 재우고 나면
또다시 밀려든 고독

오월의 노래

뻐꾸기 간간이 울어 대고
저 멀리 산사에서 들려오는
유장한 종소리

산은 고요하고
잎새는 푸르구나

송홧가루 분분히 날릴 제
오월 풀초 향은
발길 닿는 데마다 전해 온다

사월을 느끼기 전에
성큼 와 버린 오월에
화용월태같이 곱던
지난날이 애잔하구나

어즈버 오월은 온누리에
저리도 푸르고
잎새는 살랑대니

아카시아 달콤한 향기에 취해
지난날 깔끔히 잊고

새파란 잔디에 누워
웃는 바람 소리에 실려 오는
오월 노래를 듣는다

강화 8코스 억새의 노래

찌푸리고 우울한 그대
지금은 자극이 필요할 때
뭘 망설이나요

주저 말고
강화도로 오세요

8코스 둘레길
즐비하게 펼쳐진
억새 터널 걷노라면
하염없이 부는 바람
살랑살랑 억새들
읊조림에

느긋한 발걸음
깊어가는 가을을
눈에 가득 담고

어느새 입가에 번지는 미소

억새에 스며 비친 노을빛에
클로즈업된 그대 모습이
너무나 아름다워요

한려 수도(소매물도 가는 길)

산호색 투명한
짙푸른 바다 한려수도

부딪치는 파도 사이로
은비늘이 눈송이같이

천태만상 섬들은
그림 같은데

저 멀리
점점이 떠 있는 아가 섬들이
눈에 차는구나

아~ 만경창파 위에서
구름 위를 산책한 것 같은
뛰노는 마음이여

격동하는 이 마음을
여울진 한려수도에
휙 날려 본다

혈구산 진달래 길

그대여
가도 가도 끝이 없는
고려 혈구산
진달래꽃 터널을 보았는가

울긋불긋 불타듯
타오른 진달래
격정의 노래를 들었는가

외포리 종점에서
혈구산까지 펼쳐진
꽃길 사십 리

천차만별 진달래
골마다 마루마다
난만히 이어져
요원에 불길처럼 달아오른다

뜨거운 정열과
은근한 하소연이 교차한

가도 가도 끝없는
혈구산 진달래 찬가여

옛집 청룡리

청용리
나 언제나 그곳에
돌아갈까

내 추억과
사랑이 숨 쉬는
가고픈 내 고향 집

사랑하는 부모 형제
모든 것 아로새겨진 터전

땅거미 내리면
초가집 굴뚝에
모락모락 연기 피어오르고

놀은 실개천 따라
소롯이 흘러가는데

꿈인 듯 그립고
언제나 가고픈 그곳에
다시 한번 그 시절로
돌아갈 수 있다면

봄바람 따라

조붓한 오솔길
봄이 온 산길을 걷는다
찬바람이 쉼 없이 불어 대고
갓 피어난 생강 꽃이
노랑 요정처럼 하늘댄다

생강 꽃 향 내음에
행여 봄바람 속
임 소식 실려 오면

이 알싸하고 달콤한
생강 꽃잎으로
차 대접이나 했음은

꽃잎은 따고 따도
두 손에 채워지지 않고
공연히 마음만 허둥지둥

쉼 없이 부는 바람이 얄밉다

분홍 진달래도
개화를 준비하고
향긋한 냉이 내음 코끝에
전해지면

이내 마음도
자꾸 조급해지며
저녁 식탁이 떠오른다

한순간
봄볕은 이슥하고
잔양이 서산을 물들이면

길손은
석양 노을 등지고
길게 누운 그림자 따라
발길을 재촉한다

晩 秋 ~둘레길 6코스

마른 잎이 떨어지고 뒹군
강화 나들길 6코스 걸어가니

스산한 들녘
시든 꽃들은 드문드문 몇 송이
잿빛 하늘엔
철새들 군무가 분주하다

억새는 간밤 된서리에
초췌한 모습이
파리하다

텅 빈 월하정원 뜨락에
벚나무 이파리
흔적 없이 앙상하다

놀도 저물고
황혼이 짙어지면 대지는 차고
서늘한 바람은
하늘 끝까지 불고

갈대는 날 향해
손 흔들 때
나들길 6코스 광성보 나루

무심히 흘러가는 물결에
해 색이 해맑게 비치고

저물어 가는 문수산에
가을이 가득
떨어진다

초막골 落穗

먼 곳에 호수는
하늘과 맞닿아 푸르고
국화향 도처에
그득하다
청량한 대기와
추색으로 짙어가는 잎새
초막 골에서 어우러진
음객들 풍류는 하염없어라
소풍 온 듯 청순 발랄하게
깔깔대며
반듯하고 짱짱하게 걸면서
風味와 정취를 가득 안은
우리들 이야기가
강남 스타일보다 멋진 오늘!!

3. 山情無限

청산은 어머니 품속 같은
영원한 귀거래사

구봉산 가을

진안 골에 자리한
아홉 봉우리
구봉산에 가을이 내려

구비마다
점잖은 햇살에
바람은 청량하다

꽃들은
갈망하듯 피어나
그리움처럼 지는데

언젠가
구봉산 첩첩 봉우리
떠도는 구름 마냥
휘휘 돌며

놀 같은 단풍 즈려밟고
황혼처럼 붉게
젖어 보리라

밤 깊은 국수산

초가을 깊은 밤
소슬바람이
쉬지 않고 풀잎을 스친다

달빛도
차츰 이즈러져
바다도 깊은 침묵으로
잠드는 밤

뭇 벌레 울음소리
멎은 지
오래된 국수산

부엉이 울음도
잦아진 야심한 시각
나그네 바람만이
내 곁을 배회하다

사라지는
호젓한 국수산의 밤

晚春 진강산

밤꽃이 피어나려
더딘 속삭임으로
짙어가는 시절이 오면

봄바람도 잔잔해지고
온갖 꽃 시들어 가는 봄

진강산
조붓한 사잇길
길목마다 늦봄이라
송홧가루
한 줌 날리지 않은데

가는 봄이 아쉬워
뻐꾸기는
저토록 구성지게 우는가

불어오는 남풍에
일렁이는 초록 물결
가슴마저 상쾌하니

강화도
늦봄 정취는
얼마나 흥미로운가

산상에
소담스런 소금색 어수리는
꽃 대궐을 이루며
산정을 가득 채운다

활짝 핀 어수리
벌 나비도 꽃에
취해 춤추니

도대체
오는 봄인가
가는 봄인가요

밤꽃이 필 무렵이면 청옥 두타를~

크림색 밤꽃이 산들에
한창 피어나고
구슬픈 두견이 울음소리
잦아질 때

사위어 간 안개 달빛
밤꽃에 스며들면은
타는 듯 부푼 여심은
밤새워 온몸으로 흐느끼며
사무친 욕망은
몇 번이고 자지러진다

겹겹 쌓인 원초적 본능
내쉬는 가쁜 숨결
밤꽃에 머문 희미한 안개

한 줄기 연기로 화해
사라질 적에
끝내 그 열기 주체할 수 없어
단 봇짐을 추스르는 새벽

연기로 화해
사라진 잔 향을 따라서
청옥 두타산 가는 길은
밤꽃이 흐드러지게
피어나는 유월이었네

까마득히 아득한 청옥은
유연히 동해를 내려보고
동해에서 불어온 한 줄기 바람은
산봉우리 굽이 돌아
무릉계를 스쳐 가는데

푸른 숲 바다는
부신 유월 햇살에
하얀 포말을 일으키며
파도처럼 출렁인다
두타에 솟은 거대한 암석은
큰 기둥을 이루어 하늘을 떠받치며
만고 세월 늠름하고나

양단수로 갈라지는 쌍폭포
수십 길 높은 곳에서
세 구비 돌 위를 감돌아
눈처럼 흘러내리는 용추폭포
천년 신비 선녀탕 현오함이여

아~석양 노을 속에
장엄한 두타 더욱 빼어나니
또다시 유월이 오고
밤꽃이 피는 시절이 오면
취한 듯 홀린 듯
청옥 두타를 찾아가리

상춘 불곡산

말없이 떠나간 그대가
불곡산에 봄이 되어
찾아왔다

저만큼에서 조금은
어색한 미소로 다가온
그녀의 상기된 얼굴이 단아하였다

산줄기마다 골마다
웃음 짓는 봄바람이
마치 볼우물 짓는 그녀처럼 정다웠다

구비마다 마루마다
푸른 솔 향이 그녀의
은은한 체취인 양 그윽하였다

그건 그리움이었다
그리고 사랑이었다

알싸한 노랑 생강 꽃향이
바람에 너울거리니
그녀의 머릿결은
수양버들 가지같이 넌출 되고

불곡산 봄빛은 산듯하고
바람은 가뿐히 흘러가니
떠나간 그대가
봄이 되어 돌아온 불곡산에서

애타도록 감질나는
그리움을
피어난 꽃같이
붉은 사랑을 하리라 이 봄날에

晩秋 ~청량산

육 육 봉 열두 봉우리
꽃송이처럼 감싸인 만추 청량산
해가 떠도 산안개 걷히지 않은
가고픈 산 청량산을
이제서야 올랐네

천년 가람 청량사를 품고
뭇 봉우리 자웅을 겨루듯
우뚝 솟은 청량산 수려한 모습이여
구첩 병풍을 펼쳐 놓은 듯이
자소 장인 탁필 연적봉은
하늘을 찌를 것 같구나

만장단애 깊은 골
바야흐로 금빛 같은
누런 단풍 물결이
불타듯이 자소봉에 피어오르고

가없이 늘어선 헐벗은 나무숲
낙엽은 한 잎 한 잎
쓸쓸히 떨어진다

한 점에 바람 모는
청량사 풍경 소리
응진전을 스쳐 갈 때

고운 김생 퇴계 因果
바람결에 아련히
전해 오는데

높고 높은 장인봉 정상에는
구름도 비껴가고
굽이굽이 낙동강은 도도히 흘러간다

날 저물자 유장한 범종 소리
저문 청량사는 아득하고
비바람 불면 만 산에 홍엽은
우수수 떨어지리

월출산

만장 높이의 아득한 천황봉
은밀한 베틀굴
인근의 남근석
신비의 아홉 샘물
전설 담은 구정봉

하늘을 오시하며
깎아 지른 듯 솟은
천인단애 장군봉
사자 향로 주지 층만 첨봉을 거느리고

호호탕탕
패도 적인 기세의 월출산

휘영청 명월이
두둥실 천화봉에 걸치면
은은한 달빛 머금은 구정봉
아홉 샘물 서기 서리고

남근석 베틀굴
교교한 달빛 타고
은근한 相思 매듭 풀며
베틀굴 베 짜는 소리

점차 무르익어
절정으로 치달을 때

왕인 도선 고고성
월출산에 메아리칠 때
몽해 들 너른 들 오곡백과는
풍요로운 색깔로 밤새 두런거린다

아~ 굽이쳐 뻗어
하늘에 이르려는 奇岩

산봉우리 저녁 놀이
월출에 황금 그림자로
짙게 물들이면

월출은
천추만대 우뚝 하구나

문경의 여름밤(별이 빛나는 밤에)

별빛이 쏟아지는
그윽한 밤입니다

새재에 뜬 한 조각달도 지고
별이 유난히도 밝은 이 밤에

별 아래
꽃님 솔바람도
잠든 지 오래고

오직 저만큼에서
새악시 박속 같은 살결처럼

일렁이는 잔물결이
별빛 따라
고요히 소리 없이
여울져 흐릅니다

저 하늘 끝까지
아득히 반짝이는 금빛 사연들

영원한 시선에 지친
시냇물 위로
은빛같이 부서지는 가녀린 파문들

별빛에 담은 무수한 속삭임도
동녘으로 가는 무심한 물결도
신기루같이 사라져 버리고

저 멀리 새재에서
아련히 들려오는
일성의 휘파람 소리는

소야곡처럼 아롱져
나그네 귓전에 파고든다

명성산

초겨울 명성산
자운사 가로질러 오른 산문에
시린 계류는 돌을 감돌아 흐르고
길마다 인적 끊긴 산 중에는
새 한 마리 날지 않네

첩첩 산봉우리
흰 눈 쌓인 세한 속에
길은 또 몇 굽이던가

포천 철원 가평 곳곳마다
면면히 이어진 봉우리들은
온통 설국을 이루고

깊은 계곡은 봉우리를 새우니
백설 속 산하는
얼마나 수려하고 장중한가

낙락장송 솔가지
순백의 학들이
한가로이 날개를 접으니

골짜기 흐르는 벽계수
마음까지 씻기운 듯
상쾌해지는데

솜같이 포근한 억새는
무정세월 속에
퇴색한 잿빛 하소연이

망국의 궁예 왕
단장의 한처럼
귓전에 맴돈다

설악 대청봉

한겨울 설악 대청봉은
코발트색 창공과
맞닿아 있었다

억겁의 時空 속에
오롯이 천하를
굽어볼 뿐이다

구름안개
허리춤에 감고서
창해와 어깨동무하며

바람을 휘몰아
격동하는 그리움으로
억세게 포옹해 주었다

춘정 원미산

원미산에
춘색이 만발하여
아녀자들 수없이
미소 띠며
오르내린다

화사한 순백 벚꽃
부시게 피어나
원미산을
가득 물들인다

산자락 진달래
산등성 가로지르며
끝없이 붉은빛

원미산을
오가는 이들 꽃잎 향해
시선 가득 머무네

날이 저무는 것도 모르고서

秋色~운악산

천자만홍 수려한 운악산
기운차게 뻗은 산줄기 거대한 바위는
하늘을 찌를 듯 우람하다

치렁치렁 붉은 치맛단에
감싸인 산자락 깊어가는 시절
무르익은 격정으로 불륜에 빠져든 듯

후끈 달아오른 치정으로
신열을 앓고 있다
도처에 울긋불긋 막바지
자지러지는 운악에서

어느샌가 나도
해롱대고 있다

선운산의 봄

봄바람 한들한들
봄볕 짙어 가는 시절에
유구한 선운사
붉은 꽃잎 동백 동산 변함없구나

준일한 계선대
표연한 도솔암

유서 깊은 발자취
그대로 간직한 채
구름도 선의 띄고 머무는
봄이 온 선운산은 얼마나 빼어난가

벽계수에 떨어진 꽃잎은
그윽한 묵향을 지니고 흘러가니

산 자태 청수한 선비 같은
의연한 풍모
붉은빛 초록빛 어우러진
선운산 봄볕은 곱기만 하구나

백운대를 오르며

흰 구름 사이로 우뚝 솟은
백운대와 인수봉

거대한 두 기둥이
하늘을 떠받듯 기이한 자태는
일기 당천 영웅의 모습처럼
웅위하다

서늘한 늦가을 바람은
쉼 없이 불어 대고
불같이 타오른 만산홍엽이
붉은 격정으로

저 높은 백운대를 사다리 삼아
하늘에 이르러 한다

골마다 봉우리마다
괴석과 창송이 어우러져
환상적인 장관을 표출하는데

기이한 수 수 첨봉
완상하면서 오르는 백운대
인수봉 만경봉 솥대처럼 정립해

당당한 자태를
삼각산이라 칭하니
천고의 절창은 삼각산이로다

바람도 비껴가고
구름도 쉬어가는 백운대에서

북악의 장관을 보니
가을빛은 청산에 떨어지고
석양은 황혼에 잠겼다

구병산

청청한 자태 푸른 솔
빼어난 구병산

세속을 등진 속리산보다
은일이 자리한 산

그 옛날 묵객들은
비경의 이산을 화첩에 담지 않음이
안타깝다

금일 설경 속 병풍 첩 같은
구병산은 절경이구나

용화산(솔에게 길을 묻다)

구름안개 감싸인 용화산
짙푸른 여름날은 깊어만 가는데

첩첩 골짜기
바람결에 전해온
소리 노래는
음계를 탄주하듯 은은하다

운무에 덮인 천길 단애
천 년의 침묵으로
열반에 든 듯

죽음보다도
사위가 고요하다

벼랑에 걸린 낙락장송은
그 사연 아는 듯이

집착도 번뇌도
모두 다 티끌같이 무상하니

아쉬움 미련도
훨훨 날리고
용화산 솔처럼 초연이 살라며

拈花微笑(염화미소)로
화두를 던진다

낙조봉 일몰

悠長이 들려오는
적석사
저녁 종소리

낙조봉에서
서해로 지는 병인년
마지막 석양을 본다

어두워져 가는
겨울 산이라
산색도 잿빛인데

은은히 낙하하는 장중한
일몰을 바라보며

일몰은 찰나 간
밝음과 어둠의
경계를 가루는 것을 이제야 깨달았네

억겁의 시간이 지나간 듯
긴 여운이 뇌리를 스며들며
부식 지간 느꼈네

하루를 살아도 놀처럼
붉게 살아갈 거라고

청계산

강씨봉을 이웃하고
아래 마루 운악산을 마주 보고
솟은 청계산

깊은 골마다
시원한 계류는 산하 침묵을 깨우며
느긋이 돌 위를 감돌아 흐른다

키 큰 수목은 희미한 빛 속에 고요한데
나무 그늘 아래
삼겹살을 구우며

너와 나 우리들 정담은
술잔 속에 익어간다

검푸른 청계산
깊은 유곡 한여름은
별유전지로 만사가 여유로우니

염천지절 땀에 젖은
옷을 훌훌 벗고서
선녀탕을 거침없이 유린하는
탕아가 되었다

운무에 젖은 가을 산

비구름에 감싸인 가을 산은
묘령에 여인이 아니고
색기를 머금은 농익은 여인이다

흐릿하게 내린 실비는
멀어져간 사람
그리움을 달래주듯
가슴까지 적신다

코스모스 파리한 이파리에도
가벼운 깃털인 양
가벼운 억새꽃에도
안개비는 눈물 되어 흐르고

다소곳 내린 비는
달아오른 격정을 어쩌지 못하고
휘모리장단 가야금 탄주하듯

더욱 고조되며
거세게 내린다

달래듯 보채듯 내린
가을비를 흥건히 적시며
산정과 능선을 휘감아 도는 운무

가을비를 주렴 삼아
한 올 한 올 젖은 소복을 벗으며
언뜻 드러나는 동체가 야릇하다

운무에 젖은 시월에
홍조 띤 비 내리는 산은
관능적인 요염한 여인이다

계족산의 봄

연둣빛 춘삼월
벚꽃은 지고
복사꽃 만발한 계족산 길
화향이 옷깃에 가득하다

꽃은 피고 지고
벌 나비는 꽃을 탐하며 다정한데
어이해 인생사 한번 가면은
돌아올 줄 모른단 말인가

바람에 지는 꽃이
덧없구나
찾아온 계족산
옥류각 아래 흐르는 계류는
악기를 두드리듯
경쾌하다

시선 속에 보이는 저녁 놀이
발그레 물든 제 볼을 붉히며
꽃잎에 달아오른 볼을 비빈다

혈구산 백설

눈 쌓인 혈구산에 오르니
저 멀리 안개 사이로
우윳빛 물안개 피어오르고

구름 한 점 없이 시리도록 파란 창공
차가운 눈 위에서
흐름을 멈춰 버린
겨울 강이 보인다

고요한 강화 섬
몽환적인 물안개에 취해
나도 잊고 너도 모른 채
상념에 젖어 든다

고갯마루 푸른 솔은
더욱 빼어난데
앙상한 갈대가 살바람에
서글피 우는구나

계족산 봉황정에서

계족산은 대청호 기슭에 있고
높은 누대 봉황정은
산정에 의연히 비켜서서

상서로운 봉황이 나래를 펴듯
대전 도심을 바라본다
보만식계* 연산들은
대전을 성처럼 감싸으며
면면히 이어지고

갑천 유등천
도심을 가로질러
유유히 흘러간다

천고 풍류 계룡은
수천 년 세월 동안
표흘한 기상 변함이 없구나

* 보만식계 : 보문산 마인사 식장산 계족산을 일컬어 ~

옛 보루 아담한 계족산성
돌이켜 생각해 보면
백제와 신라가
자웅을 겨룬 전장터

잊혀지고 매몰된
병사들 함성
해 서문 비래사 종소리에 실려
아련히 들려온 듯하다

황혼은 자꾸 나를 떠밀며
하산을 재촉하는데
도심은 네온사인 현란하고

난 이 가을 헤매도는
고독한 방랑자
어이 하리야
이곳은 봉황정이고
정자에 당당히 서 있는 나
약해서야 될 말인가

이 가을
마음속 호방함을
하늘 높이 외쳐 본다

노고산에서 북한산을

북한산은 수천 년 세월 속에
의연한 자태 더욱 빛날 진저
그 옛날 삼국시대
각축장이 아니드냐

도도히 흐르는 아리수 굽어보며
인수 백운 망경봉
솔대처럼 솟은 의각 지세

비록 높지는 않지만
천하를 오시하듯
자존심이 강한 산이다

한반도 중심에 위치하여
수 없이 지켜본 조국의 흥망성쇠
라당 연합군에 짓밟히고
몽골에 침략 임란 胡刧(호겁)
그리고 일제의 유린

양단된 작금의 조국 현실에도
위축되지 않고 우뚝 솟은
웅준한 자태

짙어가는 오월 녹음에도
북한산은 하얗고 하얀데
강산의 무정세월은 몇몇 해던가

맑은 날 한강수에
역력히 빛 추진 북한산
만고불변 장엄한 모습이여

4. 자연과 인생

인생 백년이라 하지만 백년 산 사람
흔하지 않고 자연은 영원하고~

초록 비

길가에 가로수
화사한 축제 끝난
사월 꽃 진 자리에

다소곳 내리는 비가
얼룩진 상처를
다독여 주고 있다

이맘때
내린 비는 아이를
재우는 엄마 같아

초록 숲을 어리어 주는 손길이
건반을 연주하듯
경쾌하다

싱그러운 두드림에
수채화 같은
연초록 산색들이

눈길 머무는 숲마다
첫걸음 걷는 아이같이
경이롭다

자귀 花

가슴 시린 수많은 밤을
눈물로 지새운
사무친 애태움인가

순백 지신 앵혈같이
점점이 묻어나는
선홍빛 애끓은 하소

으슴푸레한 안개 달빛
자귀화에 스며들 적에
짝 잃은 두견이

방울 방울 피 토하는 절규가

꽃 깃 사이사이에 아로새겨진
산들에 처연히
피어나는 꽃 자귀화

그리워 보고파
날 새고 지새우는 자귀화
은근한 몸부림아

생강 꽃

그리움이 얼마나 절절하여
잎새가 돋아나기도 전에
산산에 어렴풋한 샛노란 색으로
가지마다 꽃망울 터뜨리냐

보고픔이 얼마나 애달파
알싸한 향기를
온 산에 퍼뜨리며
이른 봄부터 저리도 안달인지

때마침 불어온 샛바람에
오랜 임을 기다렸단 듯이
여리여리한 몸짓으로
방긋이 피어나

산산에 노란 손수건을 흔들고 있다

경칩 1

가는 겨울과 봄 사이
아리송한 간극을
오는 봄에 경계를
아리는 경칩

꼼지락 꼼지락
산내들 화등 짝 울림에
수줍은 꽃 몽우리
점점 부풀어 오르고

깊은 골 숨은 찬 바람이
산등성이로 사라지고
서산마루 어여쁜 초생달이
사뿐히 걸려 있다

경칩 2

갖가지 부산을 떨고
허다한 조짐을 보이며
대지를 침묵으로 잠재웠던
겨울이 말없이 떠나갔다

골마다
숨은 찬 바람도
산등성이 가장자리 쌓인 눈 무더기도
종적이 묘연하다

깜동 깜동 까치 녀석의
푸득 나는 날갯짓이
경쾌하다

앙상한 가지마다
움트는 꽃봉오리
봉긋이 부푼다

서산마루
연지 빛 황혼이
발그레 물들인다

강추위(極寒)

하늘도 움츠리고
땅도 침묵한

몰강스런 날
바람은 회초리와 같다

구겨진 종잇장처럼
들녘은 널브러져 굴러가고

얼어붙은 성주산이 스멀스멀
자꾸만 내게로 다가온다

거리에 오가는 발자국이
겅둥겅둥 빨라지고

떠도는 바람만이 내 창문에서
밤새 두런거린다

早春 호수공원

주렴 늘어진 버들가지
살랑대며 태질하고
산수유꽃 노랑 하소연으로

흐릿하게 피어나는데

짙푸른 호심
출렁이는 잔물결
찬 기운이 더디다

아~ 그리움에
고향 꿈 품고 밤하늘 잔별같이
미소 띠며 피어나

새봄이 온 호수공원
어느덧
겨울이 묘연하다

노루귀

이른 봄
산마다 붉은빛 띠며
꽃 피어나려 하는데

깊고 그윽한 계곡
섬세한 몸짓으로

수줍은 연심을
몰래 감추고

영롱한
이슬 머금고 피어난
한 떨기 노루귀

원미산 진달래

황혼녘
진달래 동산 바람결에
흐느끼듯 들려온 곡조는
서촉 만리 귀촉도가
두견화* 되어 찾아왔는가

붉은 노을 바다에
빠진 듯 출렁대는
섬세한 몸짓에
가없는 진달래 향연
황혼빛 어른거린 탈속한 듯
아련한 자태

佳人은
妖精(요정)이었던가
진달래인가

* 두견화 : 진달래

적막

이름 모를 구성진 야조소리
구슬 피 들려온
달도 별도 없는
한여름 고향의 밤

무르익은 밤의 적막에
풀벌레 소리도
멎은 지 오래다

간간이 불어오는
바람에 실려
전해온 구성진 소리

떠나간 때를 잊어버린
후조의 울음인가
끊일 듯 다시금 들려온다

단잠을 못 이루고
수심 겨운 이내 가슴에
파고들어 에를 녹이는지

바람 타고 서걱대는 대숲
죽엽 파열음에
시름은 몇 굽이나 쌓아 가는데

홀연
창가를 서성이며
슬며시 찾아온 낯선 그림자

문풍지에 어리는
대나무 가지가 한 폭의 수묵화처럼
소롯이 걸려 있다

가을 숲

음영이 검게 드리운
가을 숲이
엷은 햇살 속에
차분하다

매미 소리 떠나간
오솔길이
여인의 곱게 빗은
가르마처럼 정갈하다

고요한 숲
혼자 사색에 젖어들 때
한잎 두잎 떨어지는
잎새도 조신한데

새 들도 禪(선)에 든 듯
저물어 가는 숲은
온통 울안에 갇힌 듯이

세상 모든 소리
조용히 잦아드는데

한줄기 점잖은 바람이
풍경 소리 마냥
귓전을 맴돌 때

어느샌가
가을 숲은 적멸에 든 듯
그윽하다

봄 숲을 걷다가

솔솔 부는 봄바람
호젓한 산길을
홀로 걷노라면

낭자하게 져버린
꽃잎에 시선이 머문다

연둣빛 숲
하얀 산 벚꽃들이
산산이 날리울 제

붉은 하소연으로
피어난 사월이
벌써 떠날 채바를 하고 있다

아쉬움에 뒤돌아본 나를
바람은 떠밀면서
오월 마중 가자 성화다

다정한 마음도
떠날 땐 무정한 듯

꽃다운 이내 마음마저도
사월 시들어진 꽃잎을
짐짓 외면한 채

오월 그리는 헤픈 정에
화들짝 놀래며 떨어지는
꽃잎을 다시금 바라본다

141

심야 우성

스산한 나그네 바람이
수심에 젖어
잠 못 이뤄 돌아눕는
들 창가를 엿보는데

한밤
속절없이 내린 비는
소야곡같이 아련히
강줄기처럼
끊임없이 흘러내린다

비에 흠뻑 젖은 뒹군 낙엽은
이 한밤 얼만큼 초라히
상념의 밤을 지새울까

숱한 의문과 애틋한 고독이
자박자박 내린 빗속에
하염없다

가을

구름 한 점 없는
청천 하늘에
달빛이 영롱했는데

바람도 잠잠한 호심에
성근 햇살이
살랑거렸지

산등성이 어두워질 무렵
갈 잎새 노래
하모니로 들썩일 때

들판에 벼들이
황금 빛깔로
겸손해지니

가을은 그대 마음속에도
내 두 눈에도
역력히 새겨지고
뚜렷이 보인다

벼랑에 핀 꽃

벼랑에 핀 꽃은
손에 닿지 않아
더 애처롭습니다

깎일 듯
수직 가파른 곳에
홀로는 외로워
두 송이로 핀 원추리

나무 한 그루
풀 한 포기 없는
아슬한 가장자리에
무슨 까닭 있길래

저리도
고혹적인 자태로
피워 났을까

긴 여름 떠나버린 초가을
철 잃은 욕망을
갈무리하고서

까마득한 벼랑에
처연히 피어난 두 송이
진 황색 갈망아

능소화

진황색 탐스런 꽃송이
뜨거운 햇살 아래
더욱 관능적인데

누굴 맞이하려
저리도 매혹적 자태로
마실 나왔는지

머무는 시선마다
압도적 미를 내재하며
빈틈없는 완벽미

도발적이고 고혹적인
저 모습 누구와 견주리

여름이
영글어 가는 시절이 오면
도도한 속삭임으로

울 위를 거침없이 타오르며
하늘도 도외시하는
강렬한 색채

터질 듯 피어난
능소화여

春山 걷다

봄 산을 걸으면
아지랑이 빛
산색 변화에

황홀하다 못해
취한 듯 몽환적이다

봄바람 속에
미소 지으며 피어난
섬세한 몸짓들이 꾸며 논 무대는

봄날
한바탕 걸판진 축제다
그들의 춤사위 속에
노니는 난

봄 동산에
바람난 제비다

롱(籠) 다리

꼼꼼한 세련미도 없고
정교함도 없지만

하회탈 같은
질박한 순박 미를 내재한 채

오간 수많은 이들
망설임 없이 등 내주는

배려의 미덕
숙연하다

졸졸 흐르는
여윈 물줄기에
거만하지 않고

자신을 할퀴어 흐르는
세찬 물줄기에도
전혀 위축됨 없이

이름 모르는
장인의 한 땀 한 땀
빚은 거룩한 손길이

거센 물결 위에
오롯이 걸쳐져 있다

자미화(紫薇花)

작렬하는
뜨거운 태양 아래서
칠월의 산들바람이
너의 고운 볼에 스치면
해맑게 피어나는 자미화

얼마나 애틋한 그리움으로
피어난 꽃이기에
붉은 하소연 그대로 간직한 채
햇살보다 투명이 피워 나냐

헤픈 웃음을 팔지 않은
은물결에 씻기운 듯
화사한 미소가 예쁜 자미화
곱디고운 순정아

섬섬옥수 부여잡은
소매 떨치고 떠나갈 때
울던 새들도 노래를 멈추고
조각구름만 무심히 떠간다

언젠가
불처럼 뜨거운 가슴 안고
네게로 돌아오면

자미화
너의 고운 볼에 입 맞추며
꼬옥 안으리 너를

갈대

과수댁
첫 일탈처럼
나긋나긋한 자태
간드러진 교성은

늦여름
장대비 속
전신을 내맡긴 채

축축이 젖은
신 열로 몇 번이고
자지러졌다

맑은 달빛
청량한 바람 불 때
흰 옷차림으로 달빛 아래
여러 번 흐느꼈다

찬 서리 친 밤
몽당빗자루처럼 서서
찬 바람을 맞는다

空白 美

어느 시인은 가야 할 때를
알고 떠나간 뒷모습은 아름답다고,
晚秋로 가는 시절
국화 향 가득한 중 양 지 절에

경인고속도로 초입
만여 평 들판
온통 황금 낱알로 일렁인
저곳이 때를 알고

한 줌 미련도 없이 비우고 내준
布施(보시)가 아름답고 거룩하다
빈손으로 왔다 빈손으로 돌아가는

우리네 인생 성찰같이

텅 비어버린 허허벌판을
저 멀리 북한산도
미륵불 같은 미소로 바라본다

가을은 홍조다

쪽빛 가을 하늘은 눈길 머무는
어느 하늘 가든 나루터와 같다
저 나루에 다다르면 옛 정인이
紅潮(홍조) 띤 얼굴로 반길 것 같은

가을은 시선 닿는 어디든
연인이다

파스텔 색조 창공 황금벌판
사과 빛으로 성숙해 가는 갈 잎

가을은 관능이다
어설프고 헤픈 사랑이 아닌
목마른 갈망으로
애태우는 사랑이다

낙엽을 밟으며

땅거미 길게 누우며
산굽이를 넘어갈 때
어두워진 소래산을 오른다

조붓한 오솔길 벌 나비도 자취 감춘 십일월
낙엽 따라가 버린
가을 뒤태는 그림자만 남긴 채
앙상한 숲들이 나직이 엎드리어
겸손한 모습이다

지난날 낙엽 밟으며
다정히 걸어온 길 홀로 걷노라니
밟힌 낙엽이 흐느끼는 소리에
걸음이 조심스럽다

황혼 속에 낙엽이 가는 곳은
어느 곳인지 드문드문 이파리들만이
홀로 오른 마음 아는 듯이
하르르 떨며 이별가 불러준다

가을은 깊어만 가고

온갖 벌레 소리 밤새 사라지고
억새에 맺힌 이슬방울
소슬바람에 떨어지는데
달빛은 뜰 안 가장자리에
이스러 진다

빗장 친 문풍지에 댓잎 그림자
서성인 돌아오고 떠나가는 시절
속절없이 그리움만 더해간다

외기러기 울음소리 단잠을
깨우고
아~ 저문 가을은 모두가 천 리 방랑자다

丹楓 숲에서

단풍은 오색으로 繡(수) 들이며
고요한 가을 숲은 생강 향이 그윽하다
타는 듯 붉은 단풍 샛노란 생강 숲이
가도 가도 끊임없는 현란한 단풍 터널

샘물 소리는
계곡 바위 아래서 흐느끼고
빛은 솔잎에 차갑다

차분한 단풍 숲을 가득 품은 늦가을
답답한 인생살이 청량한 바람에 날리며
마음속 호방함을 하늘 높이 외쳐본다

의문

웃는다고 웃는 게 아닙니다
단장을 에이는 설움에
눈물이 핑 돌지만 짐짓 태연한 척
미소 띨 때
도대체 우는 거예요
웃는 겁니까

윤사월 송홧가루 바람에 날리고
봄볕도 사위어 가는 늦봄
홀로 수심에 겨워 울적할 적에

바람에 실려 전해온 향기는
꽃향기인지요
임의 체취인가요
알 수 없는 이 느낌
너도 모르고 나도 모르고

목련화

어느 미인의
우아한 나들이인가
겨울과 봄이 교차하는
삼월에 살포시 납시었네

꿈속에 그려본 여인처럼
격조 있는 관능미

내 마음
송두리째 앗아간
순백의 여인아

한파

까마귀들이
어느 산골에서
얼어 죽었다

창호지 문고리에 성에가 일고
호롱불은 괜스레
사시나무 떨듯 흔들리는 밤

중부 전선에
군대 간 아들 생각에
홀어머니 잠 못 이루는 밤

부엉이 소리도
화살 시위 같은 앙칼진
바람에 뚝 끊기고

시리게 푸른 달빛이
문설주에
희미하게 걸려 있다

호기심

나른한 오후
우연히 길거리를 배회하다 보니
훈훈한 바람이 소매를 스쳐 간다
괜히 벙거러져
이곳저곳을 기웃거리며
눈길이 머문다

쫄랑쫄랑 꼬마 아가씨
장바구니 든 아줌마
보행기를 의지해 걸어가는 할머니
다 정겹다

스스럼없이 눈길 가는 주책은
어디서 기인하였는지?
모를 일이다

아마도 눈 속에 피어난 동백
담백한 매향을 싣고 온
꽃바람 때문인가

들뜬 난

또다시 불어온 바람 따라

어느 후미진 골목

조그만 찻집에 머문다

천 원짜리 블랙커피에 인심에

벙글어 진 난 커피 향 음미하며

길가에 오가는 여인들 바라본다

*

*

*

봄바람이다

그리운 청산

윤재철 시집

2022년 10월 12일 초판 1쇄
2022년 10월 14일 발행
지 은 이 : 윤재철
펴 낸 이 : 김락호
디자인 편집 : 이은희
기 획 : 시사랑음악사랑
연 락 처 : 1899-1341
홈페이지 주소 : www.poemmusic.net
E-Mail : poemarts@hanmail.net

정가 : 12,000원
ISBN : 979-11-6284-399-4